Continuaron su camino hacia el centro de la pirámide.

Al rato, Jack notó que el suelo era completamente plano. El aire había cambiado. Se sentía mucho olor a humedad, como si estuvieran cerca de algo muy viejo.

—¡Ahhhhhh! —se oyó de pronto un grito muy extraño, que resonó en toda la pirámide.

A Jack se le cayó el libro de la mano.

De entre las sombras, emergió una silueta blanca que pasó por delante de los niños como un rayo.

—¡Una momia!

—¡Está viva! —gritó Annie.

La casa del árbol #3

Una momia
al amanecer

Mary Pope Osborne
Ilustrado por Sal Murdocca
Traducido por Marcela Brovelli

LECTORUM
PUBLICATIONS, INC.
557 BROADWAY, NEW YORK, NY 10012-3919

Para Patrick Robbins, a quien tanto
le gusta el antiguo Egipto

UNA MOMIA AL AMANECER

Spanish translation copyright © 2002 by Editorial Atlántida, S.A.
Revised translation by Teresa Mlawer.
Originally published in English under the title
MAGIC TREE HOUSE #3: Mummies in the Morning
Text copyright © 1993 by Mary Pope Osborne.
Illustrations copyright © 1993 by Sal Murdocca.

Published by arrangement with Random House Children's Books,
a division of Random House, Inc., 1745 Broadway, New York, NY 10019

MAGIC TREE HOUSE
is a registered trademark of Mary Pope Osborne; used under license.

1-930332-51-3

Printed in the U.S.A.

Library of Congress Cataloging-in-Publication Data
Osborne, Mary Pope.
        [Mummies in the morning. Spanish]
        Una momia al amanecer / Mary Pope Osborne ; ilustrado por Sal
Murdocca.
            p. cm. – (La casa del árbol ; #3)
Summary: Jack and his younger sister take a trip in their tree house
back to ancient Egypt, where they help a queen's mummy continue her
voyage to the Next Life.
        ISBN 1-930332-51-3 (pbk.)
        [1. Time travel–Fiction. 2. Mummies–Fiction. 3. Magic–Fiction.
4. Tree houses–Fiction. 5. Spanish language materials.] I. Murdocca, Sal,
ill. II. Title.
        PZ73.0748 2003
        [Fic]—dc21
                                            2003005600

Índice

Una momia
al amanecer

1

¡Miau!

—Todavía está aquí —dijo Jack.

—Parece que no hay nadie —comentó Annie.

Jack y su hermana, de siete años, se quedaron observando un enorme roble que estaba junto a ellos.

La casa del árbol estaba allí.

Faltaba poco para el mediodía. El sol iluminaba el bosque con sus poderosos rayos.

—¡Sssh! —exclamó Jack—. ¿Qué fue ese ruido?

—¿Qué?

—Oí un ruido —dijo Jack mirando a su alrededor—. Me pareció que alguien tosía.

—Yo no oí nada. ¡Ven, subamos! —dijo Annie.

Agarró la escalera y comenzó a subir.

Jack se dirigió sigilosamente hacia unos arbustos y apartó una pequeña rama.

—¡Hola! ¿Hay alguien ahí? —preguntó Jack.

Nadie contestó.

—¡Sube, Jack! La casa está como la dejamos ayer.

Jack aún tenía la impresión de que había alguien cerca.

¿Sería la persona que había puesto todos esos libros en la casa?

—¡Jaaaack!

Jack echó un vistazo por encima de los arbustos. ¿Y si la persona lo observaba en ese preciso momento? ¿Sería la misteriosa persona cuyo nombre empezaba con M?

Tal vez esa persona M estaba allí porque deseaba recuperar el medallón de oro que Jack había encontrado en la época de los dinosaurios. Quizás también buscaba el marcador de cuero que estaba en el libro de los castillos.

El medallón tenía grabada la letra M. Y el marcador también tenía la misma M. Pero... ¿qué significaba aquella letra?

—Mañana lo traeré todo —agregó Jack en voz alta.

Una suave brisa atravesó el bosque y meció las hojas de los árboles.

—¡Ven, Jack!

Jack se acercó al pie del gran roble, agarró la escalera y comenzó a subir.

Entró por el agujero del suelo de la casa, se quitó la mochila de la espalda y se ajustó los lentes.

—A ver... ¿qué libro vamos a elegir hoy? —preguntó Annie, mirando los libros esparcidos por toda la casa.

Luego, tomó el libro de los castillos.

—Mira, Jack, ya se secó.

—Déjame ver.

Jack tomó el libro y se quedó mirándolo. Era asombroso. Aquel libro había estado en el foso del castillo el día anterior y ahora estaba completamente seco.

Ese mismo libro los había llevado a Annie y a Jack a la época de los caballeros.

Jack recordó al caballero y, con el pensamiento, le dio las gracias por haberlos rescatado a él y a su hermana.

—¡Cuidado, Jack! —dijo Annie de repente, poniéndole el libro de los dinosaurios delante de la cara.

—Guarda eso, ¿quieres?

Dos días antes, ese mismo libro los había transportado a la época de los dinosaurios.

Jack pensó en el Pterodáctilo y le dio las gracias por haberlo salvado del Tiranosaurio.

Cuando Annie puso el libro de los dinosaurios con los demás libros, se quedó con la boca abierta.

—¡Ajá! —exclamó asombrada—. Mira esto, Jack.

Annie había encontrado un libro sobre el antiguo Egipto.

Al verlo, a Jack se le salieron los ojos de las órbitas. Cuando lo tuvo en las manos notó que tenía un marcador verde de seda.

Lo abrió en la página del marcador y encontró el dibujo de una pirámide. Una pomposa procesión se dirigía hacia la pirámide. Delante de la procesión, cuatro bueyes enormes tiraban de una carroza, que transportaba una caja alargada de oro. Detrás de la carroza desfilaban muchos egipcios. A unos pasos, los seguía un exótico gato negro.

—Tenemos que ir. ¡Ahora mismo! —murmuró Annie.

—Espera —dijo Jack. Quería estudiar el dibujo más detenidamente.

—Son pirámides, Jack. A ti siempre te gustaron.

Era cierto. Las pirámides *encabezaban* la lista de sus cosas preferidas. Después seguían los caballeros, que estaban muy por delante de los dinosaurios, por supuesto.

Por lo menos, no corrían el riesgo de que una pirámide los devorara.

—Está bien, vamos —dijo Jack—, pero llevemos el libro de Pensilvania por si tenemos que regresar rápidamente.

Annie encontró el libro que tenía el dibujo de Frog Creek, Pensilvania.

Luego, Jack señaló el dibujo de la pirámide en el libro del antiguo Egipto. Con voz firme dijo:

—Queremos ir a este lugar.

—¡Miau! —se oyó de pronto.

—¿Qué fue *eso*? —Jack se asomó por la ventana.

Sobre una gruesa rama, cerca de la ventana, había un gato negro que miraba a Annie y a Jack fijamente.

Jack nunca había visto un gato tan raro en toda su vida. Era de color negro y muy extraño. Tenía ojos amarillos, muy claros, y llevaba un collar ancho y dorado.

—Es el gato que aparece en el libro de Egipto —susurró Annie.

En ese preciso momento, el viento comenzó a soplar y las hojas empezaron a moverse.

—¡Nos vamos, Jack!

El viento sopló con toda intensidad y las hojas se sacudieron con furia.

La casa del árbol empezó a girar. Jack cerró los ojos de inmediato.

Luego, la casa giró con más y más fuerza.

De pronto, todo quedó en silencio. Un silencio absoluto.

No se oía un solo ruido. Ni un susurro.

Jack abrió los ojos. Los potentes rayos del sol no le dejaban ver absolutamente nada.

—¡Miau!

2

¡Oh, una momia!

Annie y Jack se asomaron por la ventana.

La casa del árbol estaba en la copa de una palmera, en medio de un palmar que parecía un parche verde sobre la arena del desierto, que se veía a lo lejos.

—¡*Miau*!

Annie y Jack miraron hacia abajo.

El gato negro estaba sentado al pie del árbol. Sus ojos amarillos observaban a Annie y a Jack sin apartarse de ellos.

—¡Hola! —gritó Annie.

—¡Sssh! Cállate, alguien podría oírte —dijo Jack.

—¿Quién me va a oír en medio del desierto? —preguntó Annie.

El gato se levantó y se alejó del árbol.

—¡Regresa! —Annie asomó medio cuerpo por la ventana.

—¡Ajá! ¡Mira eso! —dijo Annie.

Jack asomó la cabeza para mirar hacia abajo y vio al gato que se dirigía a toda prisa hacia una enorme pirámide.

Por el desierto avanzaba una gran procesión que también iba hacia la gran pirámide. Era la misma procesión que aparecía en el libro de Egipto.

—Es lo mismo que se ve en el dibujo —afirmó Jack.

—¿Qué hace toda esa gente? —quiso saber Annie.

Jack observó el libro de Egipto. Debajo del dibujo decía:

Cuando una persona de la realeza moría, se realizaba una gran procesión fúnebre. Los familiares, los sirvientes y demás allegados de la persona muerta acompañaban al ataúd o sarcófago, como lo llamaban, hasta su destino final. Cuatro bueyes tiraban de la carroza que servía para transportar el sarcófago.

—Es un funeral egipcio —dijo Jack—. El ataúd es un sar-sar-sarcófago.

Jack volvió a mirar por la ventana.

Los bueyes, la carroza, los egipcios, el gato negro... todos se movían en cámara lenta, como en un sueño.

—Es mejor que escriba algo sobre esto

—comentó Jack.

Buscó en la mochila y sacó el cuaderno. Jack siempre escribía todo lo que le sucedía.

—Espera —dijo mientras escribía:

El ataúd se llama sarcófago.

—Es mejor que nos apuremos si queremos ver a la momia —recomendó Annie mientras se dirigía hacia la escalera.

Jack se quedó pensando...

—¿Una momia? —se preguntó en voz alta.

—Seguro que dentro de ese ataúd de oro hay una momia. Estamos en el antiguo Egipto, ¿ya lo olvidaste? —le dijo Annie.

A Jack le fascinaban las momias.

—¡Adiós, Jack!

—¡Espera!

—¿No quieres ver a la momia? —preguntó Annie.

—¡Caramba! —exclamó Jack en voz baja—. ¡Una momia!

Sin duda, Annie sabía cómo convencer a su hermano.

Jack guardó el cuaderno y el libro de Egipto en la mochila y bajó por la escalera.

Al llegar al pie del árbol, se fueron corriendo por la arena. Pero mientras corrían ocurrió algo muy extraño: a medida que se acercaban, la procesión se veía cada vez más borrosa.

Finalmente, ya no pudieron ver nada más. La procesión había desaparecido. Todo se había esfumado como por arte de magia.

Pero la gran pirámide de piedra aún continuaba allí, como una torre infinita que se alzaba frente a ellos.

Jack observó el lugar con cuidado. El corazón se le quería salir del pecho.

¿Qué había pasado? ¿Dónde estaba la gente, el gato, el ataúd de oro y los bueyes?

—Se fueron, Jack.

—Pero, ¿adónde?

—Tal vez eran fantasmas —agregó Annie.

—No seas tonta. Los fantasmas no existen. Debe haber sido un espejismo.

—¿Un... qué?

—Un espejismo. Ocurre con frecuencia en el desierto. De pronto, tienes la sensación de ver algo. Pero, en realidad, no es más que el reflejo del sol sobre la arena caliente.

—¿Cómo es posible que el sol pueda reflejar sobre la arena a una persona, a un ataúd y a un puñado de vacas? —preguntó Annie.

Jack frunció el entrecejo.

—Son fantasmas —comentó Annie de repente.

—Es imposible —agregó Jack.

—¡Mira! —dijo Annie señalando la pirámide.

Cerca de allí estaba el exótico gato negro que miraba fijamente a Annie y a Jack.

—¡Míralo, Jack! *Él* no es un espejismo.

De pronto, el gato comenzó a caminar hasta que desapareció al doblar por una de las esquinas del gran monumento de piedra.

—¿Adónde va, Annie?

—Vamos a averiguarlo —le respondió Annie.

Cuando llegaron a la esquina de la pirámide, los niños vieron que el gato se escurría por un agujero que había en una pared de la pirámide.

3

¡Está viva!

—¿Adónde se fue? —preguntó Jack.

Annie y su hermano miraron por el agujero de la pirámide. Del otro lado, había un largo pasadizo cuyas paredes estaban iluminadas con antorchas colgantes. A lo lejos, se veían sombras oscuras deambulando de aquí para allá.

—Entremos —dijo Annie.

—Espera —agregó Jack.

Sacó el libro de Egipto de la mochila, lo abrió en el capítulo de las pirámides y comenzó a leer en voz alta.

A veces, a las pirámides se les llamaba la Casa de los Muertos. Casi toda la estructura de estos inmensos monumentos era de piedra maciza, menos las recámaras donde colocaban los sarcófagos, que eran muy profundas.

—¡Ajá! Vayamos allí. Quiero ir a las recámaras. Apuesto que allí dentro hay una momia —le dijo Annie.

Jack respiró hondo y se internó en la fría y oscura pirámide.

El pasadizo estaba desolado, no se oía un solo ruido.

El suelo, el techo, las paredes... todo era de piedra.

Justo donde Annie y Jack estaban parados, el suelo tenía una elevación.

—Tenemos que ir más adentro, Jack.

—Está bien. Pero quédate detrás de mí y no hables. No...

—¡Sí, vamos! ¡Camina!

Annie le dio un suave empujón a su hermano para que se apurara.

Jack comenzó a subir por el pasadizo.

¿Dónde estaría el gato?

A medida que avanzaban, el pasadizo parecía cada vez más largo.

—¡Espera, Annie! Tengo que ver algo en el libro.

Jack volvió a abrir el libro de Egipto, lo acercó a una de las antorchas de la pared y encontró un dibujo del interior de la pirámide.

—La recámara está en el corazón de la pirámide. ¿Lo ves? —dijo Jack señalando el dibujo—. Debe estar más adelante.

Se puso el libro debajo del brazo y continuó su camino hacia el centro de la pirámide.

Al rato, Jack notó que el suelo era completamente plano. El aire había cambiado. Se sentía mucho olor a humedad, como si estuvieran cerca de algo muy viejo.

Jack abrió el libro otra vez y dijo:

—Creo que estamos por llegar a la recámara. ¿Ves el dibujo? El pasadizo es inclinado, luego se vuelve más plano y después está la recámara. ¡Mira!

—¡Ahhhhhh! —se oyó de pronto un grito muy extraño, que resonó en toda la pirámide.

A Jack se le cayó el libro de la mano.

De entre las sombras, emergió una silueta blanca que pasó por delante de los niños
como un rayo.

—¡Una momia!

—¡Está viva! —gritó Annie.

4
Volver de la muerte

Jack agarró a su hermana de los hombros y la tiró al suelo.

La silueta blanca pasó velozmente y desapareció entre las sombras.

—Una momia —dijo Annie—. ¡Volvió de la muerte!

—O-o-olvídalo —tartamudeó Jack—. Es imposible. Las momias son cadáveres.

Luego tomó el libro de Egipto.

—¿Qué es esto? —preguntó Annie mientras levantaba algo del suelo—. Mira, a la momia se le cayó esto.

Era una vara de oro de un pie de largo aproximadamente. En uno de los extremos tenía tallada la cabeza de un perro.

—Parece un cetro —comentó Jack.

—¿Y eso qué es? —quiso saber Annie.

—Es algo que sólo tienen los reyes y las reinas. Sirve para demostrar que tienen poder sobre las personas.

—¡Regresa, momia! Encontramos tu cetro. ¡Vuelve! Queremos ayudarte —insistió Annie en voz alta.

—¡Sssh! —exclamó Jack—. ¿Te has vuelto loca?

—Pero, la momia...

—Lo que viste no era una momia, Annie. Era una persona. De carne y hueso.

—¿Quién era? ¿Qué hacía dentro de la pirámide? —preguntó Annie.

—No lo sé —contestó Jack—. Tal vez el libro pueda ayudarnos.

Jack hojeó el libro rápidamente hasta que encontró el dibujo de una persona dentro de una pirámide. Debajo del dibujo decía:

A menudo, los ladrones de tumbas entraban en las pirámides para robar los tesoros de las recámaras. A veces, se construían pasadizos secretos para que los ladrones no pudieran llegar a las recámaras.

Jack cerró el libro.

—Lo que vimos no era una momia. Era un simple ladrón de tumbas.

—Oh, ¿un ladrón de tumbas? —Annie se preguntó en voz alta.

—Sí, un ladrón que roba objetos de las tumbas.

—Pero, ¿y si el ladrón regresa? Mejor será que nos marchemos —recomendó Annie.

—Tienes razón. Pero primero quiero escribir algo.

Jack guardó el libro de Egipto en la mochila, sacó el lápiz y el cuaderno, y escribió lo siguiente:

Encontramos un ladrón de tumbas.

—Jack —Annie llamó a su hermano.

—Espera un minuto —dijo Jack mientras escribía.

El ladrón de tumbas trató de robarse algo.

—¡Jack, mira!

Jack sintió un aire frío en el rostro. Miró a su alrededor. Un escalofrío le atravesó la espalda.

Delante de ellos, otra silueta blanca se movía lentamente, hacia ellos.

Pero esta vez no era un ladrón.

La silueta blanca era una dama. Una bella dama egipcia.

Tenía el cabello negro, adornado con flores. Lucía un largo vestido blanco con pliegues muy pequeños en la falda. Sus alhajas resplandecían a la luz de las antorchas.

—¡Eh, Jack! Dale esto —susurró Annie mientras le alcanzaba a Jack el cetro de oro.

Jack le dio el cetro. La mano le temblaba sin cesar.

En ese instante, se le cortó la respiración. El cetro traspasó la palma de la mano de la dama.

La dama egipcia no era de carne y hueso. Era de aire.

5

El fantasma de la reina

—Un fantasma —dijo Annie en voz baja.

El terror se apoderó de Jack. Se quedó completamente paralizado.

De pronto, el fantasma comenzó a hablar. Su delicada voz resonaba entre las paredes de la pirámide.

—Soy Hutepi —dijo—, la Reina del Nilo. ¿Es cierto que han venido a ayudarme?

—Sí —contestó Annie.

Jack continuaba inmóvil, ni siquiera podía hablar.

—He esperado la ayuda de alguien durante mil años —dijo el fantasma.

El corazón de Jack latía tan fuerte que, por un momento, creyó que se iba a desmayar.

—Es necesario que alguien encuentre mi *Libro de los Muertos* —afirmó el fantasma de la reina—. Tengo que continuar mi camino. La otra vida me espera.

—¿Para qué necesita el *Libro de los Muertos*? —preguntó Annie, que no parecía asustada en lo más mínimo.

—El libro me revelará el hechizo para liberarme del mundo inferior —dijo el fantasma de la reina.

—¿Mundo inferior? —repitió Annie.

—Antes de ir a mi otra vida debo soportar los horrores del mundo inferior.

—¿Qué clase de horrores? —volvió a preguntar Annie.

—Víboras venenosas, lagos de fuego, monstruos, demonios... —aclaró el fantasma de la reina.

—¡Oh! —exclamó Annie alejándose del fantasma.

—Mi hermano escondió el *Libro de los Muertos* para que los ladrones de tumbas no se lo robaran —comentó el fantasma—.

Luego, grabó este mensaje secreto en la pared para que yo pudiera encontrar el libro.

El fantasma de la reina señaló la pared.

Jack seguía inmóvil y sin hablar.

—¿Dónde está el mensaje? ¿Aquí? —preguntó Annie tratando de descifrar los pequeños dibujos tallados en la pared.

El fantasma de la reina sonrió con tristeza.

—Es que mi hermano olvidó que tengo un problema en la vista. Me es imposible leer de cerca. He esperado mil años

para descubrir el secreto que guarda este mensaje.

—Pero su problema es muy común en las personas —comentó Annie—. Mi hermano tampoco puede ver muy bien, por eso tiene que usar lentes.

La reina observó a Jack sorprendida.

—Préstale tus lentes, Jack —le pidió Annie.

Jack se quitó los lentes y se los dio a la reina.

En ese momento, ella retrocedió de inmediato diciendo:

—Me temo que no podré usar tus lentes, Jack. Yo no soy de carne y hueso como tú. Soy de aire.

—Se me olvidó —dijo Annie.

—Tal vez ustedes puedan descifrar los jeroglíficos por mí.

—Jero... ¿qué?

—Jeroglíficos —aclaró Jack, que por fin había recuperado la voz—. Era la forma de escribir de los egipcios. En vez de letras usaban dibujos.

El fantasma de la reina miró a Jack, le sonrió con ternura y dijo: —Gracias, Jack.

Jack miró a la reina con una sonrisa y se puso los lentes. Se acercó a la pared y se puso a observar los dibujos detenidamente.

—¡Increíble! —dijo en voz baja.

6

El mensaje en la pared

Annie y Jack se quedaron hipnotizados observando la pared.

Sobre el muro de piedra había un conjunto de dibujos.

—Aquí hay cuatro dibujos —le dijo Jack al fantasma de la reina.

—Trata de describirlos uno por uno, Jack —agregó el fantasma.

Jack observó el primer dibujo.

—Está bien. El primero es así... —dijo Jack haciendo un zigzag con el dedo.

—¿Una escalera? —preguntó el fantasma de la reina.

—¡Sí! ¡Una escalera! ¡Exacto! —agregó Jack.

La reina sacudió la cabeza.

Hasta ahora era fácil.

Jack se concentró en el siguiente dibujo.

—El segundo dibujo tiene una caja larga en la base —dijo, mientras reproducía el dibujo en el aire con el dedo.

El fantasma de la reina no comprendía el mensaje.

—Arriba de la base tiene tres cosas, así —agregó Annie, dibujando tres líneas escalonadas en el aire.

El fantasma de la reina no entendía.

—Es como un sombrero —comentó Jack.

—¿Un sombrero? —repitió la reina.

—No. Yo creo que es el dibujo de un barco —dijo Annie.

—¿Un barco? —volvió a preguntar el fantasma de la reina con ansiedad—. ¡Un barco!

Jack echó otro vistazo a la pared.

—Sí, podría ser un barco —dijo.

El fantasma de la reina sonrió con entusiasmo.

—Claro que sí —agregó con alegría.

Annie y Jack contemplaron el siguiente dibujo.

—El tercero es como un vaso muy grande para poner flores —dijo Annie.

—Sí, un recipiente para poner agua —agregó Jack.

—¿Es como una jarra? —preguntó el fantasma de la reina.

—¡Exacto! —comentó Jack.

—¡Sí! ¡Una jarra! —dijo Annie.

Annie y Jack estudiaron el último dibujo.

—El cuarto dibujo es como una vara con un gancho en una punta —comentó Annie.

—Parece un bastón, pero más corto —dijo Jack.

El fantasma de la reina volvió a confundirse.

—Espere, lo voy a dibujar bien grande en mi cuaderno para que pueda verlo —dijo Jack.

Dejó el cetro en el suelo, agarró el lápiz y dibujó el jeroglífico.

—Es un trozo de tela enrollado —dijo el fantasma de la reina.

—Bueno, no exactamente —dijo Jack estudiando su dibujo.

—Pero ése es el jeroglífico de un trozo de tela enrollado —volvió a insistir el fantasma de la reina.

—Bueno, de acuerdo —comentó Jack.

Jack volvió a observar el último jeroglífico. Para él aquel dibujo no se parecía en nada a un trozo de tela. A menos que se tratara de una toalla colgada de un toallero.

—Bueno, los dibujos son cuatro: una escalera, un barco, una jarra y un rollo de tela —dijo Annie señalando los jeroglíficos.

Jack escribió las cuatro palabras en su cuaderno.

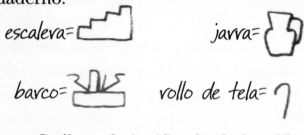

escalera=

jarra=

barco=

rollo de tela=

—¿Cuál es el significado de los dibujos? ¿Pudo descifrar el mensaje? —le preguntó Jack al fantasma de la reina.

—Vengan —sugirió ella haciendo un gesto con la mano—. Vengan conmigo a mi recámara.

Y se alejó flotando en el aire.

7

El papiro

Jack guardó el cetro y el cuaderno en la mochila.

Annie y él siguieron al fantasma de la reina hacia el centro de la pirámide, hasta que se encontraron con una escalera.

—¡La escalera! —dijeron los dos al mismo tiempo. Luego siguieron caminando detrás de la reina.

Ella subió por la escalera sin tocar un solo escalón y, luego, atravesó una puerta de madera sin abrirla.

Annie y Jack empujaron la puerta. Ésta se abrió lentamente, y entraron en una habitación muy fría, donde corría mucho aire.

El fantasma de la reina había desaparecido.

La enorme habitación estaba iluminada por la tenue luz de una antorcha. Tenía un techo altísimo y en uno de los rincones había varias mesas y sillas amontonadas. También había varios instrumentos musicales.

En el otro lado de la habitación había un pequeño barco de madera.

—¡El barco! —dijo Jack sorprendido.

—¿Por qué habrá un barco en la pirámide de la reina Hutepi? —preguntó Annie.

—Tal vez la Reina viaje a la otra vida en este barco —comentó Jack.

Annie y Jack se acercaron al barco e inspeccionaron su interior.

Estaba lleno de objetos: platos de oro, vasijas pintadas, copas revestidas con piedras preciosas, canastas de mimbre, alhajas con piedras azules y pequeñas estatuas de madera.

—¡Mira, Annie!

Jack estiró el brazo y sacó una jarra de arcilla.

—¡La jarra! —dijo Annie en voz alta.

Jack observó el interior del recipiente.

—Aquí dentro hay algo —comentó.

—¿Qué es? —quiso saber Annie.

Jack metió la mano dentro de la jarra y tocó algo muy suave.

—Parece una servilleta —dijo.

—¡El rollo de tela, Jack!

Jack sacó el trozo de tela de la jarra y notó que dentro de éste había algo. Al abrirlo, descubrió un papiro muy antiguo.

Lo estiró y se encontró con cientos de jeroglíficos.

—¡Es el *Libro de los Muertos*! —murmuró Annie—. ¡Lo encontramos!

¡Encontramos el libro de la Reina!

—¡Increíble! —Jack recorrió el papiro con los dedos. Parecía un papel muy viejo.

—¡Reina Hutepi! ¡Lo tenemos! ¡Encontramos el *Libro de los Muertos*! —gritó Annie.

Todo estaba en silencio.

—¡Reina Hutepi!

De repente, se oyó el crujido de la otra puerta de la habitación, al abrirse.

—Tal vez está ahí —comentó Annie.

El corazón de Jack latía desesperadamente. Un aire muy frío se colaba por la puerta.

—Vamos a ver, Jack.

—Espera...

—No —dijo Annie—. La reina esperó durante mil años este momento, no la hagas esperar más.

Jack guardó el papiro en la mochila. Él y Annie atravesaron la fría habitación hasta llegar a la puerta que estaba abierta. Annie pasó primero.

—¡Apresúrate, Jack!

A continuación, entraron en la habitación contigua. Estaba prácticamente vacía. Lo único que había era un largo ataúd de oro que estaba abierto. La tapa estaba en el suelo.

—¿Majestad? —llamó Annie.

Silencio.

—Encontramos su *Libro de los Muertos* —dijo Annie.

No había señales del fantasma de la reina.

El largo ataúd de oro brillaba intensamente.

Jack casi no podía respirar.

—Dejemos el papiro en el suelo y vayámonos —dijo.

—No, creo que tendríamos que dejarlo ahí dentro —comentó Annie señalando el ataúd.

—No, Annie.

—No tengas miedo, hagámoslo.

Annie agarró a Jack del brazo y, juntos, caminaron por la habitación, hacia el ataúd de oro.

Cuando llegaron junto al enorme ataúd miraron lo que había dentro de éste.

8
La momia

En el interior del ataúd había una *momia de verdad*.

Las vendas aún le cubrían el cráneo, completamente pelado. Pero la mayor parte del rostro ya no tenía vendajes.

Era Hutepi, la reina del Nilo.

Tenía los dientes rotos, las orejas llenas de arrugas y la nariz aplastada. Su piel estaba reseca y le faltaban los ojos, sólo se veían las cuencas.

Como algunos vendajes del cuerpo también se le habían caído, se le veían los huesos.

—¡Ay, qué asco! ¡Vámonos, Jack!

—No, esto es muy interesante, Annie.

—¡Olvídalo! —exclamó Annie alejándose del ataúd.

—Espera.

—¡Vamos, Jack! ¡Apúrate! —gritó Annie desde la puerta.

Jack sacó el libro de Egipto de la mochila y buscó rápidamente el dibujo de una momia. Luego leyó en voz alta:

Los antiguos egipcios trataban de proteger el cuerpo de los muertos para conservarlo eternamente.
El primer paso era ponerle sal al cuerpo para que se secara por completo.

—¡Ay, no sigas, Jack!

—Escucha esto, Annie:

Luego, bañaban el cuerpo con aceite y lo envolvían con vendajes, atándolo fuertemente. Después, le extraían el cerebro...

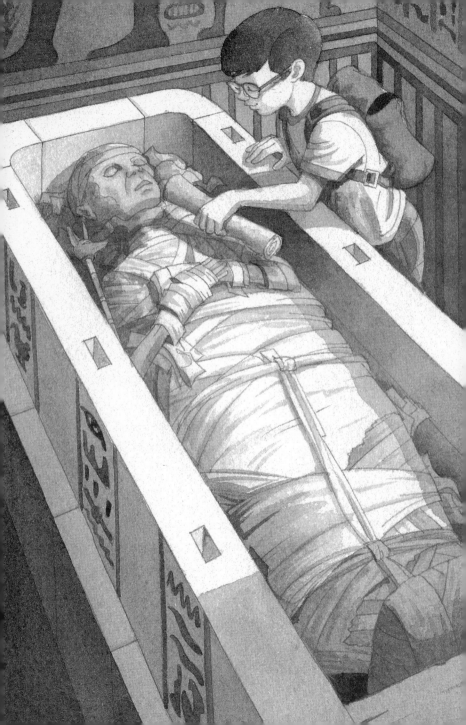

—¡Basta, Jack! ¡Me voy de aquí!

Annie salió corriendo.

—¡Annie! Tenemos que darle el *Libro de los Muertos* a la Reina.

Pero Annie había desaparecido.

Jack sacó el papiro y el cetro de la mochila y dejó ambos objetos junto al cráneo de la momia.

¿Había sido la imaginación de Jack o en verdad había oído un suspiro tan profundo que se oyó en toda la habitación? ¿Acaso no se veía el rostro de la momia más sereno que antes?

Jack retrocedió, casi sin aliento. Salió de la recámara, atravesó la habitación del barco y bajó por la escalera.

Luego, suspiró aliviado.

Observó el pasadizo y notó que estaba vacío.

—¡Annie! ¿Dónde estás?

No hubo respuesta.

¡Diantre! ¿Dónde se había metido?

Jack descendió por el pasadizo llamando a su hermana.

—¡Annie! —gritó.

¿Habría salido de la pirámide?

—¡Ayúdame, Jack!

—¡Annie!

Jack corrió por el pasadizo lleno de sombras.

—¡Jack, ayúdame! —la voz de Annie se oyó más débil.

Jack se detuvo al instante. Se estaba *alejando* de su hermana.

—¡Annie!

Jack regresó a las recámaras.

—¡Jack!

—¡Aquí!

La voz de Annie se oyó más fuerte ahora.

—¡Jack! —gritó Annie más fuerte aún.

Jack subió por la escalera y entró en la habitación donde estaba el barco.

Miró a su alrededor detenidamente. Observó los muebles, el barco y los instrumentos musicales.

Entonces la vio. ¡Había otra puerta! Estaba justo al lado de la puerta por la que había entrado en la habitación.

La atravesó de inmediato y se vio en lo alto de una escalera.

Era igual que la escalera del otro pasadizo.

Jack descendió por el pasadizo iluminado por unas antorchas.

—¡Annie!

—¡Jack!

—¡Annie!

—¡Jack!

Annie venía corriendo por el pasadizo en dirección a Jack, y chocaron.

—¡Me perdí, Jack!

—Creo que éste es uno de esos pasadizos sin salida para despistar a los ladrones —comentó Jack.

—¿Un pasadizo sin salida? —preguntó Annie con la voz entrecortada.

—Sí, es igual que el de verdad —dijo Jack—. Tenemos que volver a la habitación donde está el barco y salir por la puerta correcta.

Unos minutos después oyeron un ruido parecido al crujido de una tabla.

Annie y Jack se dieron la vuelta y miraron hacia la escalera.

Luego, con asombro, vieron que la puerta se cerraba lentamente.

A lo lejos, se oyó un ruido muy fuerte que retumbó en todo el pasadizo.

Después, todas las antorchas se apagaron.

9

Sigue al guía

Todo quedó completamente a oscuras.

—¿Qué pasa? —preguntó Annie.

—No lo sé. Es algo muy extraño. Tenemos que salir de aquí, rápido. Tratemos de empujar la puerta.

—Buena idea, Jack.

Annie y Jack avanzaron juntos por el pasadizo, tanteando las paredes en la oscuridad y luego subieron por la escalera.

—No te preocupes, todo va ir bien —le aseguró Jack, tratando de mantener la calma.

—Por supuesto —dijo Annie.

Ambos se apoyaron contra la puerta de madera y empujaron con todas sus fuerzas, pero ni se movió.

Volvieron a intentarlo, pero fue inútil.

Jack respiró hondo; cada vez resultaba más difícil respirar y, mucho más difícil aún, mantener la calma.

—¿Qué podemos hacer, Jack?

—Tratemos de descansar un rato —dijo, casi sin aire.

Mientras tanto, Jack trataba de ver algo en la oscuridad. Su corazón palpitaba a toda velocidad.

—Tenemos que bajar por el pasillo, tal vez encontremos una sa-salida —agregó Jack.

No estaba muy seguro de lo que decía, pero sabía que ésa era la única opción.

—¡Vamos, Annie! Caminemos agarrándonos de la pared.

Jack descendió por la escalera palpando la pared de piedra. Annie iba detrás de él.

Al llegar al pie de la escalera, Jack caminó por el pasadizo, pendiente abajo. No se veía absolutamente nada.

Sin embargo, no se detuvo. Siguió adelante, paso a paso, sin despegar la mano de la pared.

Dobló en una esquina, después en otra, hasta que volvió a encontrarse con otra escalera.

Subió por ella y descubrió una puerta que estaba cerrada. Annie y Jack trataron de empujarla pero ésta tampoco se abrió.

¿Sería la misma puerta que habían tratado de abrir al principio?

Todo era inútil. Estaban atrapados.

En medio de la oscuridad, Annie buscó la mano de Jack y la apretó con fuerza.

Ambos se quedaron parados en la escalera, escuchando los sonidos del silencio.

—¡*Miau*!

—¡Vaya! —exclamó Jack en voz baja.

—¡Volvió! —gritó Annie.

—*Miau*.
—Vamos a seguirlo. Mira, se aleja.

Annie y Jack empezaron a bajar por el pasadizo, completamente a oscuras, siguiendo el maullido del gato, sin despegar las manos de la pared, tropezando a cada rato.

—*Miau.*

Los niños siguieron caminando cuesta abajo por el pasadizo ondulante, guiándose por los maullidos del gato.

Hacia abajo y hacia abajo, doblando en cada esquina.

Hasta que por fin, divisaron una luz al final del túnel y corrieron hacia ella.

—¡Sííííí! —gritó Annie.

Jack no reaccionaba, se había detenido a pensar.

—¿Cómo hicimos para salir del pasadizo sin salida, Annie?

—¡El gato! —agregó ella.

—¿Pero cómo lo hizo? —dijo Jack.

—¿Sabes lo que es la magia? —insistió Annie.

—Sí, pero... —dijo Jack frunciendo el entrecejo.

—¡Mira, Jack!

El gato se alejaba saltando por la arena sin detenerse.

—¡Gracias, amigo! —dijo Annie en voz alta.

—¡Gracias! —gritó Jack.

El gato siguió su camino saludando a los niños con la cola. Luego desapareció detrás de los intensos rayos del sol.

Jack observó las palmeras. En la copa de una de ellas, estaba la casa del árbol. Desde abajo, en medio de tantas ramas parecía un nido.

—Es hora de volver a casa —dijo Jack.

Juntos emprendieron el largo y caluroso camino hacia la casa del árbol.

Al llegar, Annie agarró la soga y empezó a subir los escalones de madera. Jack subía detrás de su hermana.

Cuando estuvieron dentro de la casa, Jack tomó el libro de Pensilvania.

En ese momento oyeron un ruido ensordecedor, igual al que habían oído dentro de la pirámide.

—¡Mira, Jack! —exclamó Annie señalando la ventana.

Jack se asomó a la ventana y vio un barco, justo al lado de la pirámide que se deslizaba lentamente sobre la arena, como si navegara por el océano.

Poco a poco, el barco se esfumó en la distancia.

¿Había sido un espejismo?

¿O era la Reina del Nilo que por fin había emprendido el viaje a la otra vida?

—Vamos a casa —dijo Annie en voz baja.

Jack abrió el libro de Pensilvania.

Apoyó el dedo en el dibujo de Frog Creek y dijo:

—Queremos regresar a casa.

El viento sopló más y más fuerte. Las hojas empezaron a temblar.

El silbido del viento era cada vez más potente.

La casa comenzó a girar sobre sí misma, con más y más fuerza cada vez.

Luego, todo quedó en silencio. Un silencio absoluto.

10

Una nueva pista

Faltaba poco para el mediodía. El sol se colaba por la ventana de la casa del árbol, formando sombras que bailaban sobre el techo y la pared.

Jack respiró profundo. Estaba sentado en el suelo.

—Me pregunto qué habrá hecho mamá para el almuerzo —dijo Annie mirando por la ventana.

Almuerzo, hogar, mamá... todo parecía tan real, tan sereno y seguro. Jack sonrió.

—Ojalá haya sándwiches de mantequilla de cacahuete y mermelada —agregó.

Y cerró los ojos sintiendo la frescura del suelo.

—Jack, este lugar está muy desordenado —agregó Annie—. Va a ser mejor que acomodemos todo. M podría regresar.

Jack se había olvidado por completo de M.

¿Encontrarían algún día a la misteriosa persona M? Al parecer, esa persona era la dueña de todos los libros de la casa del árbol.

—Pongamos el libro de Egipto en último lugar —comentó Annie.

—Buena idea —dijo Jack. Antes de regresar a las antiguas tumbas necesitaba un descanso.

—Pongamos el libro de los dinosaurios arriba del libro de Egipto —propuso Annie.

—¡Sí, claro! —agregó Jack. Antes de volver a ver un Tiranosaurio necesitaba un largo descanso.

—El libro de los castillos puede ir arriba de todo —dijo Annie.

Jack asintió con la cabeza. Le gustaba recordar al caballero del libro. Sentía que era su amigo.

—¡Mira, Jack! —dijo Annie.

Jack levantó la cabeza. Su hermana señalaba el suelo.

—¿Qué es esto? —preguntó Jack.

—Tienes que verlo tú mismo.

Jack se puso de pie refunfuñando. Se acercó a Annie, miró el suelo, pero no vio nada.

—Baja un poco la cabeza, Jack. Tienes que seguir el reflejo del sol.

Jack inclinó la cabeza hacia un lado y vio algo que brillaba en el suelo.

Luego, bajó la cabeza un poco más y divisó una letra.

El reflejo del sol había dibujado la letra M en el suelo.

Con esto quedaba comprobado que la persona M era la dueña de la casa del árbol.

No había duda. Era cierto.

Jack trazó la letra M con el dedo y sintió un cosquilleo.

En ese momento, las hojas de los árboles empezaron a temblar, el viento había comenzado a soplar.

—Bajemos ahora, Annie.

Jack agarró su mochila y bajaron por la escalera.

Luego, Jack oyó un ruido que venía de los arbustos

—¿Quién está ahí? —preguntó.

De pronto, el bosque quedó en silencio.

—Voy a traer el medallón y el marcador del libro muy pronto —anunció Jack en voz alta—. ¡Mañana mismo!

—¿Con quién hablas? —preguntó Annie.

—Tengo la sensación de que M está por aquí —agregó Jack en voz baja.

—¿Vamos a buscarlo? —sugirió Annie.

—¡Jaaack! ¡Annieee! —se oyó la voz de la madre de los niños.

De repente, se miraron a los ojos y, los dos al mismo tiempo, dijeron:

—Volvamos mañana.

Y bajaron corriendo.

Siguieron corriendo por la calle, atravesaron el jardín. Entraron en la casa y se apresuraron hacia la cocina.

La mamá preparaba unos ricos sándwiches de mantequilla de cacahuete y mermelada.

¿Quieres saber adónde puedes viajar en la casa del árbol?

La casa del árbol #1,
Dinosaurios al atardecer

Jack y Annie descubren una casa en un árbol
y al entrar viajan a la época de los dinosaurios.

La casa del árbol #2,
El caballero del alba

Annie y Jack viajan a la época de
los caballeros medievales y exploran
un castillo con un pasadizo secreto.

La casa del árbol #3,
Una momia al amanecer

Jack y Annie viajan al antiguo Egipto y se
pierden dentro de una pirámide al tratar de
ayudar al fantasma de una reina.

La casa del árbol #4,
Piratas después del mediodía

Annie y Jack viajan al pasado y se
encuentran con un grupo de piratas
muy hostiles que buscan un
tesoro enterrado.

Mary Pope Osborne ha recibido muchos premios por sus cuentos. Recientemente, cumplió dos años como presidenta de *Authors Guild*, la asociación de escritores más destacada de Estados Unidos. Mary Pope Osborne vive con Will, su esposo, en la ciudad de Nueva York, y con su perro Bailey, un norfolk-terrier. También tiene una cabaña en Pensilvania.